하태성
시집

곰치국 끓이는 아침

하태성
시집

도서출판 북인
2023

곰치국 끓이는 아침은 얼마나 행복한가?
비록 시가 해장의 곰치국은 되지 않더라도
소외당하고 상처받는 이들에게
작은 위안이 될 수 있다면
나는 김치 같은 문장을 숭숭 썰어
여느 아침처럼 곰치국 시를 끓여볼 참이다

2023년 12월
하태성

차례

3부

1부

맹방 순비기

맹방에는 순비기
마카 많았싸
근디 지금은 한나도 없싸
백사장도 모래톱도
죄다 말라비틀어진 것뿐
우타와! 우타와!
순한디 순한 목숨들
무신 죄가 있다고
그 죄값 어찌하려고

맹방 해국

가실이면 그기
을매나 이쁜지 아나?
바닷가 바위틈에 지천이었지
보랏빛 올망졸망한기
참말로 말로는 다 못하제
그란디 이제는 읎싸
한 개도 남은 게 읎싸
눈을 까고 봐도 읎싸
지역균행발즌인가
경제살리기긴가
뭔가 때문이라
눈치 나꽈 논쿨째
마카 지천이었는데
지금은 한 개도 읎싸
낭중에 맹방에는 뭐가 남을지

맹방 해당화

그 성성한 가시
다구스런 연분홍 꽃이 필 때문
을매나 보기 좋은지 아나?
뭔 말인지 아나?
그기 죄다 우리 탓이다
마카 지천이던 것이 사라진 것은
우리 탓이데이
흔하고 흔한 것들 사라지고 나면
그 다음 우리 차례와

소한계곡

소한계곡의 계절은
늦게 피어나는 수국
온다 간다는 말도 없이
바깥세상 시끄럽든 말든
귀 닫고 눈 감고
좀처럼 오지 않는
더디다 설익은 사랑처럼
애간장 태우며
하산하는 석양처럼
소한계곡의 겨울은 흐른다

부남 해당화

부남해변 해당화 숲
바다는 아기 수녀 미소
상여바위, 댕두바칸, 부처바위
천 년의 시간을 비껴왔지만
연분홍 꽃잎 찰나로 떨어지고
파도 소리는 귀신의 곡소리
해당화 가시덤불 여린 줄기
해안선 타고 오르는데
미데기다 미데기다
아수라의 심술부린 바다
일곱 명의 목숨 받혀진 다음
비로소 울음 멈추었다
상여바위 흰 꽃 뒤덮였고
댕두바칸 붉게 물들었고
부처바위는 슬픈 눈 감았다
그날 청색의 부남 바다
윤슬의 아름다운 상실이었다

맹방 바다

맹방 바다가 운다
개발의 편자들에게 짓밟히고
돈을 쫓는 자들에게 내몰리고
맑은 날에 제 속살을 드러내고
바람 부는 날엔 미친 듯 머리카락 풀어헤치고
풍랑이 거센 날에는 울먹거리며 어깨 들썩이며
비 내리는 날에는 억수 같은 눈물 뿌리며
물보라, 흰 거품 살려달라고 마구마구 운다
돈의 달콤한 유혹에 취하지 말라며
권력의 부당함에 침묵 강요당하지 말라며
바다는 태풍에게 속살을 파먹히고
뭍으로 기어오른 파도는 곰솔 뿌리 도려내고
여태 한번도 사람들에게 보여준 적이 없는 속살
아픈 줄도 부끄러운 줄 슬픈 줄 모르는
순결 잃어버린 소녀처럼 통곡한다
맹방 바다야! 마주하는 것조차 미안하구나
맹방 바다야! 먼발치에서 바라보는 것조차 송구하구나
맹방 바다야! 내뱉는 숨조차 죄송하구나
째복들은 뭍으로 기어나와 폐사한다
흙먼지 바람에 갯방풍이 뿌리를 드러내고 고사한다

썩은 양빈 모래에 해국이 질식사한다
오염 준설토에 순비기가 시든다
너는 파도를 일으켜 머리 곧추세우고
거대한 시멘트덩이에 부딪친다
펄과 오니 가득한 모래 쓸어 마신다
까끌까끌한 혀 내밀고
머리 풀어헤치고 바람에 미쳐간다
풍랑으로 온몸을 뒤척이며 속 끓이며
맑은 날이면 퍼렇게 멍든 제 속살 내보이며
기어이 세상의 더러운 것 다 쓸어 마시고
하얀 거품 토해내며 숨을 헐떡인다
우리는 맹방 바다의 아름다움을 본 죄
우리는 겁탈을 묵인한 공범들이다

곰치국 끓이는 아침

부남마을 예닐곱 마지기 다랑논
달포 만에 모내기 끝낸 김남용 씨
이른 아침 번개시장엘 다녀와서
아내에게 검은 봉지 내미는데
아내는 곰치를 또 사왔다며
우물가에 내동댕이쳤다
출렁거리며 쏟아진 검은 비닐봉지 속
검은 물곰 한 마리
깨알같은 눈 삼척 사내 같고
물크덩한 살 삼척 여인 같다

양은 냄비 곰치국 끓어오르는데
흐물한 옛 사랑이 비릿하다
김남용 씨 국그릇 코를 박고
뜨신 국물 들이마시고는
삽을 둘러매고 잰걸음 나서는데
발걸음 오늘은 가볍다
곰치국 끓이는 부남의 아침이 희붐하다

곰치국 1

삼척에는 맛난 것도 많지만
물메기, 꼼치, 미거지
진짜 이름 놓아두고
미련스러운 곰치로 불리는
곰치국이 단연 으뜸이지
물더덩 닮았다 하여 물곰치국
한세상 끓어 넘치면
기어이 푸른 물결
삼척의 새벽이 밝아온다

곰치국 2

곰치국 한 그릇이면
삼척사람 가슴에 서린 한이
물컹하게 내려앉는다
곰치 눈만큼이나 작은 세상
잊어버리게나
삭여두시게나
간밤의 쓰린 속 푸시게나
동쪽 바다 붉게 물드는
삼척의 아침은 뜨시다

부남 모란

부남 모란은 붉은 사월
꽃봉오리 벙글어져
누구를 기다리는데
찾아오는 사람 없고
그러다가 꽃 지는데
부남 해변 기도하러 간
일곱 처녀 너울 되어
윤슬의 붉은 바다 되었다

번개시장 1

날것의 세상
꾸밈없이 그대로를 보여주는
그런 세상이 있다면
거기는 삼척 번개시장이다
나의 삶은 조금 비켜나 있지만
저들은 모든 것을 걸고
꾸밈없이 있는 그대로를
온몸으로 보여주는 것이 있다
그것이 새로운 세계로 가는 길이다
머리로 하는 게 아니다
아무 바람 없이 아무 계산 없이
온몸으로 밀고 가는 것이다

번개시장 2

번개시장 좌판에는
살과 뼈를 가르듯
삶의 경계가 분명하다
칼끝이 먹히지 않거나
칼집이 너무 깊이 박힌 곳은
과감히 버려야 한다
삶에 필요한 것은
뼈와 살이 발라지고
껍질 벗겨진 하얀 살점
단단한 뼈와 대가리
물러터진 장기와 껍질
과연, 오늘 아침
대가리와 내장이 없이
뼈와 살이 발려진
흰 삶의 살점
아무렇지도 않게 먹을 수 있는
사람은 과연 누구인가?

번개시장 3

그녀의 하루는 새벽이다
남들보다 부산을 떠는 일은 오래된 습관
마음에 독기만 품는다면
배를 가르고 창자를 꺼내버릴 수 있으려만
그러나 생활은 객기를 허락하지 않는다
뼈를 바르고 포를 뜨는 거룩한 일상
무료함 따위는 핏물 빠지듯 흘러간다
그녀의 현란한 칼질 뒤에는 생활의 고통이 있다
하루도 새벽 수행을 게으르게 하지 않는 탓에
예리한 눈빛과 적의는 간데없고
고행의 순간순간마다
내리치고 싶은 것들이 비껴왔다
그녀의 칼끝을 자세히 들여다보면
삶에서 조금 비켜나 있는 것을 알 수 있다

번개시장 4

날것의 세상은 힘차고 분주하다
생선의 배를 가르고 내장을 꺼내고
뼈를 바르고 포를 뜨는 일은
수만 번의 염불과 기도와 고해성사
메시아의 전언도
그 수행 앞에선 거룩하지는 않다
삶은 대가리가 잘린 생선의 눈동자
고통의 나날을 견디는 것이다
생명으로 가득했던 피
피를 먹고 자란 자유의 나
피를 먹고 성장한 평등의 나

그것을 억압하는
인민의 피를 빨고 있는 권력
도마 위의 생선처럼
모가지가 댕강 잘린 날것의 세상
그러나, 나를 가둔 자본의 감옥
세상은 우리 모두가 수인이고
우리 모두가 교정관인 번개시장
번개시장은 날것의 교도소다

봄 바다

옆집 남용 아재
철조망 걷힌 부남 해변에서
봄 미역 한 아름 해왔다
어찌 낮술을 마다하리
사람도 서로를 갈라놓은
마음속 철조망만 걷어내면
온통 봄 바다다

2부

다래끼

어릴 적 다래끼가 생기면
엄지발가락에 무명실 묶고
속눈썹을 뽑아 눈을 찌르고
어린아이 잠지로 눈을 비비곤 했다
사람들의 눈물이 마른 것은
위험을 목숨과 바꾸는 돈 세상
사람을 영수증에 찍어내는 세상의 다래끼 때문이다
해방의 세월에도 치유되지 않았고
광복의 세월에도 아물지 않았고
민주의 세월에도 고쳐지지 않았다
그렇다면 우리끼리 무명실을 묶자
자본가의 눈썹을 뽑고
금수저 사내아이 잠지를 훔쳐다
곪아터진 자본과 정권의 눈을 비비자
그래야 세상이 올곧게 보일게다
돈의 다래끼 세상엔 연대가 명약이다

로봇이 지배하는 세상

AI가 시중드는 커피숍에서
커피를 주문했더니
C1273076A^{2}43π가 나온다
'지나갈게요. 음료를 나르는 중이에요.'
이것은 고도화된 인간 중심
법과 공정도 AI가 판결하는 세상
27C13A2F3620 유죄

부점과 반음 사이

악기 연주를 하다보면
단조와 부점을 만나면
당황하고 굳어진다
그러나
단조에 반음과 부점 없었다면
긴장도 없고 고루하다
사랑도 인생도 그렇다
돌이켜보면
단조에 반음이 많은 삶 탓에
질풍의 세상을 건너왔다

폐허를 짓는다

가장 높은 집은 폐허 위에 있다
철근은 건물의 힘줄
틈은 건물의 실핏줄
폐허의 건물에도
노동은 힘줄과 근육의 피가 돈다
모든 삶은 폐허의 기반 위에 서 있다
그리고 견고하다
폐허는 어머니의 자궁으로부터 시작되었다

환절기

계절이 바뀔 때면
대관령에 안개가 심하다
한 치 앞도 보이지 않는
앞이 흐린 날
미궁의 세상이다
문득 떠오른 옛사랑
한 치 앞도 볼 수 없었던 젊은 날
위태롭고 뜨겁던 사랑
사랑에도 환절기가 있다
무엇엔가 가려져
가까이 있는 것이 보이지 않을 때
자세히 보아야 보일 때
하찮게 여겨지던 것이 보이지 않을 때
사랑의 미등을 켜고 돋보기를 들자

입춘 무렵

겨울비 뒤
눈발 날린다
날린다 눈발이
이대로 사나흘쯤
폭설로 세상을 덮어라
혐오와 차별의 세상
온전하게 평등하게
들판에 내리는 것은 눈뿐이다
세상을 덮을 기세로 밀려드는
눈보라 수수꽃을 노래하자
혼자서 봄을 기다리지 말자
여기도 저기도 눈밭이다 설원이다
설원의 세상은 평등이다 고요다
눈 쌓인 언덕마다 홀로 기다리는 봄
눈이다 폭설이다
날린다 내린다 퍼붓는다
어제도 오늘처럼
그리하여 연인의 마음에도
쌓여라! 눈이여!
내려라! 눈이여!

경멸의 세상을 덮어라

미완의 봄은 눈의 무게를 알 수 없다

바람아!

바람아 멈추어라!
광기의 바람으로 작은 불씨를 깨워
세상을 태워버리겠다는 너의 발상은 가련하다
바람이 지나고 바람을 따라 화마가 지나간다
모든 것이 잿더미다

바람아 맘추어라!
너는 어느 골짜기 차가운 언어로 태어나
세상을 휩쓸고 있다
지금의 바람은 동풍에 나부끼는
풀들을 흔드는 바람이 아니다
혼돈의 시대를 격렬하게 통과한다

바람아 멈추어라!
너는 화마와 함께 미쳐 날뛰는가?
파도를 몰아치며 분노 찬 물보라를 일으키며
네 본질을 보여주던 질투의 화신이여
이제 그 화를 거두시라
세상을 향한 노여움을 푸시라

붉게 달아오른 백두대간을 타고 넘어온다
샛바람, 두샛바람, 된새바람, 된하늬바람, 마파람
아! 불바람
이제 맘추어다오
그리고 방향을 바꿔 비바람 불게 하여주시라!

바람아 멈추어라!
화마에 잿더미로 변한 텅 빈 도시
어머니 가슴도 새카맣다
개발의 편린과 만대발의 와류,
이상난기류의 돌풍이여 멈추어라
악마의 화신은 기후위기 복수의 화신이었다

절정

꽃잎이 필 때
오는 게 있다
해가 떠오를 때
오는 게 있다
그러나,
꽃잎을 떨굴 때
해가 질 때
오는 것은 다르다
잡은 손을 놓을 때
선을 넘을 때
올려다보는 높이와
내려다보는 높이는 다르다
떨어질 때
피어날 때
떠오를 때
투쟁의 절정은 저만큼이다

노안

나이가 들면
먼 곳은 잘 보이는데
눈앞은 흐릿하다
사랑도 그렇다
멀리 있는 사랑은 그립고
사랑하는 옆사람은
초점조차 흐리다

쐐기를 박는다

작은 틈을 메워
풍요로운 삶을
꿈꾼 적이 있다
그런 날이면
몸도 마음도 틈이 없다
때론 쐐기가 너무 많아
삶이 통째로 쪼개지기도 했다

사랑

문어의 생식기는
여덟 개 다리 중
가장 가느다랗다
짝짓기 철이 되면
서로 악수라도 하듯
가느다란 발을 꼭 잡고 사랑을 나눈다
문어의 다리는 사람의 손이다
인간의 사랑처럼
거창하게 숨어 옷을 벗거나
거친 호흡 없이
가볍게 손을 맞잡는다
우리가 아무 바람없이 손을 잡을 때
민주주의는 잉태되고
새 세계는 탄생된다

나의 시론

나의 시에는 생명이 없다는 것을
구호가 시가 될 수 없다
외침이 문장이 될 수도 없다
유구한 삶이 그렇듯
삶이 보이지 않을 때 시가 보인다
삶이 죽을 때 시가 살아난다
나의 시어는 죽은 언어들의 나열
보아라 저 화려하고 수사가 넘치는
장엄하고 현란한 언어 잔치
그러나 거기엔 아무것도 없다
세상의 끝은 광속이다
나의 시의 절규는 사치다
나의 시의 절망은 현실이다
내 언어에는 심연이 없다
그런 날은 시보다 낮술이다

친퀘테레Cinque Terre

당신과 보낸 나날들은
일 분 일 초처럼 짧더니
당신이 없는 지금
일 분 일 초가 천만 년이다
이국의 땅 이탈리아
인간이 만든 태초의 길을 걷다가
문득 풀 한 포기 돌멩이 하나
인간의 노동 없이
생산할 수 없다는 것을
광장에서 허공을 향해 외치는
피맺힌 절규가 팔뚝질이
세상을 바꾸어왔다는 것을
친퀘테레 계단식 포도밭을 걸으며
돌멩이 하나 풀 한 포기
허투루 보지 말자고 다짐했다
천 년을 일 분 일 초처럼
일 분 일 초를 천 년처럼
돌멩이 하나 올려놓고
그렇게 살자고
나 당신 앞에서 맹세했네!

닭의 부화

닭이 알을 품을 땐
가슴 깃털을 모두 뽑는다
물 한 모금 먹지 않고
어미가 되어간다
낡은 껍데기를 깨부순 것은
어미 닭의 따스한 가슴
우리가 지치고 힘들고
불가능하다고 믿는 것도
따스한 가슴만 있으면
얼마든지 깰 수 있으리라
그대의 거창한 구호가 아니라
그대의 유식한 지식이 아니라
아무 바라는 것 없이
따스한 가슴을 내어주는
어머니 같은 마음만이
단단한 껍질도 견고한 담벼락도
남북을 가르는 철조망도
따스한 온기만 있다면
새 생명을 잉태하고
새 세상을 건설할 수 있다

춘설

기어이 눈발이 날린다
역병도 산불도 기억의 저편이다
권좌 위도 땅바닥도
기어이 눈발이 날린다
기나긴 가뭄 지나고
화마가 할퀴고 간 산천
순백색의 고결함이 닫는다
모든 상처 덮어버리듯
기어이 눈발은 날린다
수선화 꽃대 위에
어린 수국 새싹 시샘하듯
기어이 눈이 날린다
한 사흘 퍼붓던 봄비
지난 겨울의 울분을 참지 못하고
기어이 눈발이 되었다

3부

어떤 약속

지키겠다는 약속
잊지 않겠다던 다짐
기억하겠다던 결의
추모하겠다던 맹세
믿지 않기로 했다
제비꽃도 때가 되면 피고
진달래도 꽃망울을 올리는데
자두도 흰 꽃을 피우는데
사회적 참사라고 둘러대던
그 익숙한 말
그 거짓 약속에 침을 뱉으마!

아! 사월

국가적 초상은 치른 지 여러 해가 지났는데
아직도 왜 죽었는지를 몰라 탈상을 못한 나라가 있습니다
정권도 바뀌었고 죽은 자들의 살과 뼈는 진토되었지만
억울한 영혼은 안식에 들지 못했고
영문도 모른 채 마냥 들떠 소풍을 떠난 아이들의 영혼은
아직 집으로 돌아오지 못하고
구천을 헤매고 있는 지 여러 해 지났습니다
책임자를 처벌하라고 진상을 규명하라고
죽어도 죽지 못한 영혼이 구천을 떠돕니다
살아도 살아 있지 못한 어른들은
광장을 배회하고 거리를 활보합니다
기회는 평등하고 과정은 공정하고 결과는 정의로운 나라
그 나라는 어디에도 없습니다
한번도 경험하지 못한 나라가
정녕 이런 나라였습니까?
사월은 잔인하다는 말로 대신하지 못합니다
불면의 사월 오싹한 사월 쓰라린 사월 물거품의 사월
익사의 사월 기다려지지 않는 사월
두려움에 떨던 사월 피하고 싶은 사월
되돌리고 싶은 사월 눈 감고 싶은 사월

민망한 사월 숨쉬기도 미안한 사월

살아도 살아 있는 것 같지 않은 사월

가만있으라는 죽음의 사월

권력의 놀음에 죽임을 당한 사월

자본의 마녀사냥에 난도질당한 사월

민주주의가 죽은 사월

아! 사월의 어느 날

아! 아비규환의 사월의 어느 날

아! 악마의 화신 같은 사월의 어느 날

아! 사월 십육일 오늘이었구나

아! 잊지 못할 이천십사년 사월 십육일 오전 여덟 시

묵호 논골담에서

인천에서 활동하는 동지들과 오랜만에
봄바람 아스스한 묵호 논골담에서 만나며
가족의 안부를 묻다가 문득,
대중운동론을 토론했다
후배는 선배는 좀 더 대중운동가처럼 활동하라고
지금 선배의 모습은 아니라며
취중에 고언을 아끼지 않았다
하지만 난 그 말에 동의하지 않았다
고백하건대 지나온 내 삶은
저기 바다의 풍랑같이 위태로웠고
한때 자연을 찾아 별들을 헤아렸고
또 어느 순간엔 음악에 취해 길을 잃었고
부평초처럼 떠돌다 고흐의 별빛에 잠이 들었다
때론 아까운 인생을 헌 집을 고치는 데 소비했고
어느 날엔 생선의 눈동자를 쫓았으며
잘린 생선의 머리에 혼을 빼앗겼으며
그러다가 무료한 날이면 바닷가에 낚싯대를 드리우며
좌면우고 우왕좌왕한 나날을 보내기도 했고
그런 날이면 벗들과 어울려 술판을 벌일 생각에 들떴고
두 번의 파국을 맞이한 삶이었다
그리고 지금은 한 여자의 사랑을 차지하기 위해

매일 연민의 밤을 지새우며 흔들리고 있는데
나에게 대중적 운동가의 삶은 가당치 않았다
노동조합 선거에 비정규직 정규직화를 내걸었다고 낙선했고
30년 회사 생활에 포상 한번 받은 적이 없고
훈장처럼 징계, 구속도 당하지 않았으며
입으로 비정규직 철폐, 노동자는 하나다 같은 구호 따위에
들뜬 일상을 뜬구름으로 흘려보내고 있다
그러는 사이 누구는 시인이 되고 소설가가 되었고
문학상을 받고 동인의 회원으로 고상한 언어를
밥이 되는 소설과 시를 내리갈길 때
나는 동료에게 어용이라고 욕지거리 몇 마디 퍼붓고
명예훼손, 모욕죄에 기소당해 벌금을 맞고
돈 백만 원이 아까워 잠 못 이룬 몇 날 밤
그런 날이며 서산의 그림자를 따라 인생을 보내고 싶었고
바람에 흔들리며 칠흑 같은 바다에 뛰어들고 싶었다
나는 세상을 바꾸려는 거대한 파도나
거대한 사상의 거처가 되지 못하고
모욕, 명예 같은 사소한 것들에 자꾸만 흔들리고
견딜 수 없는 가벼움이 가득한 나날들이었다
그런 나에게 대중성은 언감생시 언 발에 오줌 누기였다
등대처럼 세상을 비추는 일은 나에게 과분한 일이었다

세월호 8주기

죽은 정권은 가라
정권 퇴진을 외쳤던 시민의 촛불은 이제 꺼지고 말았는가?
기다리라 침묵을 강요하던 정권은 감옥으로부터 나왔고
스멀스멀 악마의 기운이 냄새를 피우고
적폐세력이 기지개를 켜고 있다
8년이 지났는데 침몰의 원인이 밝혀지지 않는 전대미문의 사고
8년을 기다렸는데 책임자 처벌이 없는 전대미문의 사고
8년을 외쳤는데 진상규명이 되지 않은 전대미문의 사고
잔인한 것은 잊히지 않는 기억에 갇힌 세월
참혹한 것은 아무렇지도 않게 지나온 세월
그동안 검찰의 권력은
그동안 언론의 권력은
더 단단하게 강고하고
자기들만의 리그를 완성했다
누가 그렇게 만들었나?
누가 그렇게 명령했나?
우리가 전선을 치지 못해서다
지키겠다는 약속
잊지 않겠다던 다짐
기억하겠다던 결의

추모하겠다던 맹세
이제 믿지 않기로 했다
이제 죽은 정권은 가라
오직 살아 있는 양심만 오라
오직 실천하는 양심만 남아라
이제 다시 흐드러진 꽃들을 밟고
부활의 사월을 건너가자

무엇이 바뀌었을까?

대통령이 바뀌었고
장차관이 바뀌었고
국회의원이 바뀌었고
지자체 단체장이 바뀌었고
하물며 강산도 바뀌었으나
바꾸지 못한 것들이었구나!
9년이 지났는데
마음만 먹으면 바꾸지 못할 것이 없는 세상
바뀌지 않는 것이 있다면
돈의 세상이구나
돈이라면 가족을 죽일 수 있고
돈이라면 영혼도 팔 수 있고
각자도생의 경쟁 세상
나와 너와 우리를 함께
같이 살기 불편하게 만들어버린
자본의 세상
9년이 흘렀는데
바뀐 게 없다는 것이
9년이 지났는데
변한 게 없는 세상이 가당키나 한 것일까?

나를 죽이고 너를 죽여
바뀐 세상 다른 세상
다시 9년이 지난 세상은
조금은 바뀌고 달라져야 한다
바뀐 게 없다고 믿는 세상
바뀌었다고 믿어버린 세상이었다

검사가 다스리는 세상

많은 사람이 법의 평등 앞에
검사의 기소에 주눅이 들어 죽어갔다
죄가 밝혀지지도 않았는데
검사들 권위에 무릎 꿇고 죽어갔다
지금도 민주주의가 질식사 당하고 있다
설악산, 수라갯벌, 제주도, 삼척이
법의 엄중한 심판 앞에서
정권의 입맛에 죽어가고 있고
죽임을 당하고 있다
만인 앞에 평등을 주장하는 법
죄는 미워하되 사람을 미워하지 말라던 법
입법부, 사법부, 행정부 한통속인
법치주의 세상에는 민중은 없다
법 앞에 순응하는 민중은 패배한 민중일 뿐이다
왜 민중들은 새로운 세상을 두려워하는 것일까?
왜 민중들은 새로운 세상은 두려워해야 하는가?
법 앞에 평등은 자본에 비례한다
법 앞에 공정은 권력에 비례한다
지금의 공정과 상식은 검사들 앞에서만 평등하다
검사는 유죄를 사형을 구형하고

민주주의 감옥에 가두는 것에 혈안이다
그러나 그들의 엄중한 법은
집행된 사형을 책임지지 않는다
수감된 무죄를 두려워하지 않는다
처벌받는 검사는 단 한 명도 없었고
사과하는 법원은 없었다
그들은 오히려 권좌에 앉아 있거나
대통령이 되었다
그러나,
우리는 도로교통법 따위에 속도를 줄인다

사슬을 끊고 연대로
— 톨게이트 투쟁 200일에 부쳐

이것은 경쟁과 효율로 끓인 도그마다
자본의 이윤 창출의 도구이며
노동자를 일회용 처리하는 분리수거이며
신자유주의 망령이며 고도화된 세계화의 망령이고
4차 산업혁명이라는 허울 좋은 개소리일 뿐이다
우리는 자본의 이윤 창출의 도구가 아니고
우리는 씹다 단물 빠지면 뱉는 풍선껌도 아니다
자본의 감옥에 갇힌 선량한 이웃이다
우리의 요구는 간단명료하다
어쩌면 너무나 당연하여 어리둥절할지도 모른다
홍길동이 판을 치던 조선시대도 아니다
우리는 인간적인 대우를 요구했으나
돌려받은 것은 너무나 비인간적이었다
우리의 노동이 비정규적이었는지는 모르겠다
하지만 노동자의 노동이 비정규적일 수는 없다
노동 없는 생산은 없고 생산 없는 자본은 있을 수 없다
우리는 더 이상 너희들의 이윤 창출의 도구가 아니다
우리는 더 이상 한번 쓰고 버려지는 일회용 쓰레기가 아니다
우리는 진군의 역사 주체이며
너희들이 꿈꾸지 못한 세상을 잉태한 산모이며

비뚤어진 세상을 바로잡고 새 세상을 출산할 어머니다
그러니 우리가 옳다
그러니 우리는 반드시 승리한다

파도는 혼자서 파고를 만들지 않는다

파도는 혼자서 파고를 높이지 않는다
민중의 단결과 투쟁만이
수평선에 질곡의 파고를 만들 수 있다
아무 바람 없이 오직 승리만을 생각할 때
아무 조건 없이 동지의 손을 맞잡을 때
정적을 깨는 파도 소리를 만들 수 있다
그때 비로소 민중의 가슴을 울리는
커다란 보라의 흰 파도를 바라볼 수 있다
그러나 벗들이여!
그것만으로 숭고한 승리를 쟁취할 수 없다네
심연 거친 조류도 육지의 세찬 바람에도
달이 가장 빛나는 보름과 칠흑의 어두운 그믐도
흔들리지 않는 촛불의 심지처럼
자신을 태워 어둠을 밝히는 신념이 필요하다네
마파람에 흰 보라를 휘날리며 육지로 진격하는 파문
그것 때문이라네
우리가 모두 살아 있기 때문이라네
우리가 모두 포기하지 않았기 때문이라네
결코, 바다는 파문이 없이
높은 파고를 만들지 않는다네

결코, 우리들의 분노 없이는
우리들의 피 끓는 분노 없이는
더 이상 투쟁은 승리는 무의미하다네
흔들리는 배는 닻을 내려야 하고
동요하는 시대는 끝을 맞이해야 하네
하지만 잊지 말아주게
오늘 밤 우리들의 별이 진다 해도
그것은 우리의 신념 탓이 아니라네
그것은 자본이 노동자들을 갈라놓은 술수라네
그러니 저기 높은 파고를 타고 오르는 새들을 보게나
저기 철탑과 망루에 오른 인간 새를 보게나
우리가 무엇으로 삶을 이어가는지
부디, 지금보다 더 높고 큰 파고에 몸을 맡기고
세상을 변혁하는 높은 파고를 일으키는 분노가 되게나
그래야 더 큰 승리를 쟁취할 수 있다네
부디 명심하시게나
혁명의 날은 갑자기 찾아오는 것이 아니라
저기 푸른 파문으로 출렁이다
머리를 풀어헤치고 달려오는 흰 파도와 같이
우리가 손을 잡고 앞으로 나아갈 때

그때야 비로소 작은 승리 하나를 쟁취할 수 있다네
혼자서 맞서는 투쟁의 파고 아니라
우리의 분노와 절규와 투쟁으로 세상을 헤쳐나가는
커다란 역사의 파도를 만들어야 하네
그 길에 너와 내가 우리가 함께해야!
혁명의 세상, 우리들의 세상이 온다네
파도는 절대 혼자서 파고를 높이지 않는다네
명심하시게나 우리의 파고를 높이는 것이
바로 우리의 분노라는 것을
바로 지금 우리의 자리에서 일어나는 분노라는 것을…

강 건너 평화 구경

강화도 평화전망대
내 평화의 거리는 1.8㎞ 밖에 있었다
자세한 평화는 500원짜리 동전을 넣고 확인한다
손에 닿을 듯한 이웃들
빠른 걸음으로 20분이면 당도할 수 있는
이웃들의 모내기가 철조망 건너 한창이다
나는 돈으로 평화는 살 수 있다고 믿었다
그러나 평화는 돈으로 되는 게 아니다
관람으로 평화를 만들 수는 없다
평화는 오직 경계를 허물 때만이
마음에 벽을 걷어낼 때만이
강물과 바람과 새들에게 없는 경계
인간만이 가지고 있고
인간만이 해결할 수 있는
민중의 권력만이 가능한 평화
그 평화의 강을 관람하고 있다

국회 앞에서 발길을 돌리다

딱 거기까지였어
혁명이고 개혁이고
우리의 발걸음은 딱 거기까지였어
노동자대회는 거기까지였어
무수하게 떨어지던 단풍잎
형형색색으로 물들인
광장의 목소리는 딱 거기까지였어
그들이 그어놓은 경계
그들이 쳐놓은 선은
신성불가침의 약속이었어
그리고 우리는 우리의 권력을
검찰에게 국회의원에게
무슨 무슨 위원회에
대통령에게 위임했지
노동자의 피와 땀의 투쟁을
스스로 극복하지 못하고
승리의 문턱에서 주저앉아
자신을 탓했지 자신의 나약함을
딱 거기까지였어
우리의 권력은 그들이 쳐놓은 담장 앞에서

그들이 그어놓은 선 앞에서
그들이 지키고 있는 경찰 저지선에서
질서유지, 불법시위
평화와 민주를 가장한 위법들이여!
합법과 정의로 위장한 권력들이여!
우리가 가르쳐주마
경계를 허물고, 선을 넘어, 담장을 뜯어
우리가 옳았음을 우리가 정의라는 것을
그들의 권력의 담장을 넘을 때
우리는 비로소 통일된 조직
작은 승리 하나 이룰 수 있지
여의도 국회의사당에서 발길을 돌리며
내 생각이 딱 거기에 멈춰 있는 것을 알았지

연대

연대는 돈으로, 구호로,
입으로 하는 게 아니다
연대는 몸으로 하는 것이다
서로의 손을 잡는 거다
내가 먼저 손을 내미는 거다
보아라 동지들이여!
지금껏 누가
나와 가장 많이 손을 잡았는가?
내가 물에 빠졌을 때,
내게 손을 내밀 사람은
많이 배운 지식인이 아니다
잘난 정치인이 아니다
돈 많은 부자가 아니다
나와 손을 가장 많이 잡은
부모다, 형제다, 이웃이다
그러니까 진정한 연대란
손을 잡아주는 거다
힘없고 차별받는 이웃을
가슴으로 받아주는 거다
말로만, 입으로만,

구호로만 하는 게 아니라
행동하고 책임지는 거다
내가 위험이 닥쳤을 때,
아무것도 바라지 않고
손 내미는 어머니처럼
힘없고 차별받는 이웃에게
아무 바라는 것 없이
손 내미는 것이 진짜 연대다
그런 연대가 되어야!
완벽한 하나가 되고
통일된 투쟁이 되고
비로소 작은 승리 하나 쟁취할 수 있다

떡 신자

종교도 얼마든지 바꿀 수 있지요?
떡만 주신다면
성당에 가서 염불을 외고
절에 가서 찬송가를 부르지요
떡 있는 곳이라면 그곳이 어디든
감읍할 따름입니다
신념 따위는 개에게 던져주고
철학 따위는 잊은지 오래지요
떡만 준다면 떡이 있는 곳이라면
그곳이 어디든지
시궁창이든지 똥통이든지
돈만 된다면
얼마든지 바꿀 수 있지요
석탄재가 날리는 발전소든
방사능 핵폐기장이든
비산먼지, 미세먼지, 해안침식 따위는
우리의 관심 밖이죠
우리는 오로지 떡 그 떡이 있는 곳이라면
콩고물이 떨어지는 곳이라면
그곳이 생지옥, 전쟁터도

우리에겐 오브코스 물론이죠
나라를 팔아먹든
조상을 팔아먹든
자손이 어떻게 되든 말든
내 배만 부르면 그만이지요
떡 신자에게는 조국도 조상도
종교도 철학도 떡 앞에는
아무런 걸림돌이 될 수 없지요
오로지 떡 앞에는 죽고 죽이는
공포와 경쟁과 분열만이
떡 신자들에게는
자신을 속여 떡을 쫓는 자들에게는
오로지 떡이 지상 최고의 낙원이죠
그러나,
떡만 먹고는 살 수 없지요

오월은 내게

오월은 내게 푸름이었다가
언제 그랬냐는 듯이 노을빛

오월은 내게 기다림이었다가
금방 꽃 피우고 떨어지는 꽃잎
몰래 다가와 피고 지는 봄꽃

멀리 떠난 그리운 님 기다리듯
올 듯 말 듯 안타까워 꽃 피고
혼자 영그는 씨앗 같은 그리움
그리움으로 싹 틔우는 들꽃

오월은 따사로운 한 줄기 햇살
햇살로 왔다가 별빛으로 사라지고
금남로 최루가스와 함께 피어나던
민들레, 그리고 오월은 내게
가장 긴 기다림의 순간을 맞이하는
첫사랑의 설렘

오월은 내게 살아 있음을 노래하고

푸르게 흔들릴 줄 아는 바람으로 왔다가
산들바람에도 떨어져버린 망월동 꽃잎

뜨거운 잠수 노동자
— 고 최경민 동지를 추모하며

그는 용접이 어려웠고 구부러지지 않았고
한번 자리를 잡고 서면 변하지 않는
스테인리스 강철 같은 사람이었으며
결코 넘어지지 않는 오뚜기 같았다
크나큰 불편함은 잘도 견디었지만
사소한 불의에 물러서지 않았던
불같이 뜨거운 노동자였다
수십 미터 바닷속에서 노동으로 지친 몸을 이끌고
핵발전소 유치를 막기 위해
때론 노동자 죽음의 행렬을 멈추기 위해
삶의 터전에서 내쳐진 노동자를 위해
석탄발전소 건설을 멈추기 위해
자본의 무한질주에 맞서 투쟁의 깃발을 올렸고
결기를 세워 곡기를 끊는 단식을 불사했고
천 리의 도보행진으로 자신을 다잡았고
몸이 상해갔지만, 자신을 걱정하는 사람들에게 역정내던
참 바보 같은 사람이었다
그렇게 자신의 삶을 송두리째 태워버리고
이제는 나뭇가지처럼 앙상하고 백지장처럼 가벼운 육신
그토록 즐겨 마시던 소주 한잔
이젠 육신의 몸으로 마실 수 없는

영면의 소풍을 떠났습니다
생각해보면 그는 든든한 동지였기보다
어깨가 넓은 동네 오빠, 형 같은 사람이었고
부모님을 일찍 여읜 탓에 동생들에게는 아버지였다
그는 항상 말보다는 실천이 앞섰고
치열했지만 결코 들뜨지 않았으며
냉철했지만 냉정하지 않았고
새로운 세상을 꿈꾸는 이상주의자였으나
결코, 허황한 주장 따위를 하지 않는 행동파였다
뜨겁게 달궈진 열정을 바닷물에 식히고
그의 꿈은 이미 바닷속에 녹아들었고
마침내 바다가 되어버린 최경민 동지여!
동지들이여!
혹여 동해의 바다가 차가우면
최경민 동지의 냉철함 때문이고
따뜻하면 그의 열정이 남아 있기 때문이라 생각합시다
자본가도 없고 노동자도 핵발전소 석탄발전소도 없는 곳
뜨거운 열정의 동지애 우리에게 나눠주고
25밀리 호수에 의지해 연명하던 바다가 아닌
마음껏 숨 쉴 수 있는 평등의 하늘나라에서
우리 다시 만날 것을 약속하며 영면의 평안함을 기원합니다

이대론 살 수 없다

그냥 주어지는 평화는 없다
강정, 새만금, 소성리, 맹방
목숨을 건 전쟁이 있다
이대론 살 수 없다고
이렇게 살아선 안 된다고
온몸으로 저항하는 것들이 있다
그리고 제 몸이 멍이 들도록
머리를 치켜들고
뭍으로 내달리는 것들이 있다
거대한 물보라를 일으키며
깨질 줄 알지만
거품이 되어 살아질 것을 알지만
죽을 것을 알지만
바람이 되어 묻는다
때론 파도가 되어 묻는다
평화를 위해 무엇을 할 것이냐?
평화를 위해 목숨을 내놓을 수 있느냐?
묻는다
이대로 살 수 없을 때는
그대로 살지 말라고
묻는다 또 묻는다

4부

침을 맞는다

아픈 곳은 오른발인데
한의사는 왼발에 침을 꽂는다
한의에서는 몸의 중심은
아픈 곳이 아니다
몸의 중심을 무너뜨리는 곳이다
왼쪽이 아프면 오른쪽에서 찾고
오른쪽 어깨가 결리면
왼쪽 어깨에 침을 놓아 균형을 잡는다
그러나 자본으로 기울어진 세상
침 끝은 항상 노동을 향한다
환부에 침을 꽂는 것은 치료가 아니다
자본과 노동이 기울어진 세상
노동의 장침을 자본가에 꽂자

어떤 기억

시차 적응을 위해
따뜻한 우유를 마셔도
잠이 들기 위해
머릿속으로 양을 세어도
그대 없는 밤 수많은 공상으로
쉽게 잠들지 못하는 것처럼
우리는 노동자들의 희망
노동해방이 어떤 것인지
노동해방이 어떻게 오는지
정확히 알고 있다
그러나,
그대의 열정 없이는
그대의 손발 없이는
아무것도 되지 않는다는 것을
노동자의 몸은 알고 있다

집회

가두리 집회 이제 안녕을 고하라
평화란 선을 넘는 일이고
경계를 허무는 일이다
우리는 가두리 물고기가 아니다
우리는 푸른 바다를 마음껏 헤엄치는
자유의 물고기다
더 이상 평화란 이름으로
우리를 가두지 말라
선을 넘고 경계를 허무는 일
이것이 자유다
평화란 이름으로 자유를 구속하지 말라
선을 긋고 더 이상 우리를 나누지 말라
자유를 위한 피의 냄새와
혁명의 고독함을 우리는 알고 있다
우리가 할 일을
우리를 가두고 있는
낡은 미신을 타파하는 일이다
선을 넘고 경계를 지워야 가능한 일이다
이제 답하라
너희는 자유 없는 평화를 원하느냐고
광장이여 ! 민중이여!

자유

자유를 쟁취하기 위해서는
파도 앞에 서는 거다
당당히 벼랑 끝에 서보는 거다
보이지 않는 허공으로 날아오르는 거다
노동자의 눈으로 세상을 바라보는 거다
그 앞에 두려움이 없다면
그것은 진정한 자유가 아니다
우리가 적들 앞에 당당히 맞설 때
우리가 두려움을 떨치고 우뚝 일어설 때
그것이 자유다 해방이다
허공을 가르는 새들처럼
뼈를 비운 동공으로 가득 찬 세월
적들의 자유는 위장한 두려움으로 가득하다
그것은 만행이고 위선이다
부끄러움을 모르는 치졸함이다
저기 허공을 가르는 새들이
저기 벼랑 끝에 소나무들이
거대한 파도 위의 배들이
무엇을 위해 누구에 의해 어떤 것을 보는가?
그대들의 자유는 자본에 갇혀 있지 아니한가?

그대들의 자유는 회사에 갇혀 있지 아니한가?
그대들의 자유는 가족 안에 갇혀 있지 아니한가?
그대들의 자유는 자신 안에 갇혀 있지 아니한가?
그것은 진정한 자유가 아니다
자유는 피를 먹고 자라는 나무가 아니던가?
진정한 자유를 쟁취하려면 투쟁하라!
자신과 이웃과 전 지구적으로 투쟁하라!
뼈를 비우고 정신을 버리는 투쟁
그것이 자유다 해방이다
비정규직 철폐 투쟁 노동해방 만세

멕시코 공항에서

인천공항 국제선 여객터미널
멕시코행 비행기를 기다린다
청소하는 아주머니
보안 담당 젊은 여자 직원
등에 붙은 몸 벽보엔
그녀들의 궁핍한 삶이 있다
'직접고용 쟁취투쟁'
'해고없는 직접고용'
본인들은 떠난 적 없는
먼발치의 이착륙을 보며
오죽했으면 온몸에 삶의 사슬을 감았을까?
이역만리 멕시코 공항도 마찬가지다
자본이 다르면 노동도 다르겠지
나라가 다르면 노동자 삶도 다르겠지
나라가 달라도 노동자들의 얼굴색이 달라도
비정규직 노동자들은 어디서나 평등하다
권력가 자본가 놈들은
기업, 나라, 인종을 따지지 않고
만국의 노동자를 가난하게 만드는 것이
공동의 목표이기 때문이다

버마 민중투쟁을 지지하며

만유인력을 거슬러
오르는 것은
새싹뿐이다
봄뿐이다
보아라!
버마의 새싹
보아라!
버마 민중의 봄
기어이 가치 없이
압도하는 새싹처럼
어김없이 찾아오는
민중의 봄처럼
일어서는 민중이 있다

가자미

나 다시 태어나도
가자미로는 태어나지 말아야지
바다 밑 모래밭에서
가자미눈 뜨고 있다가
어부의 그물에 걸려
상자떼기로 팔려 와서는
분자나 은숙이 손에
대가리 잘리고 내장 발리고
막 썰어 회가 되어
광주리째로 팔려가는
가자미로는 태어나지 말아야지
당당한 감성돔, 돌돔, 다금바리는 못 돼도
절대 무더기로 팔려나가는
가자미는 되지 말아야지
머리가 잘리고 내장이 상하고
뼈가 으스러지는 자신의 노동이
상자떼기로 팔려가는 것을 모르는
노동자는 되지 말아야지

촛불이 되어

시들 것이 두려운 꽃은 피어날 수 없다
자신을 태우는 투쟁만이 승리의 꽃대를 밀어올린다
시대 앞에서 격정의 역사는
언제나 노동자의 몫이었으므로
그대 역사의 승리자다
한여름의 더위를 식히는 소낙비
역사를 밝히는 등불
정의를 심판하는 사도이며
새 세상을 잉태한 산모이며
우리가 꿈꾸지 못한 세계를 출산하는 어머니들이다
하늘 감옥과 자본의 감옥을 여는 열쇠는
그대들의 손에 달려 있다
높은 권좌에 앉은 사람들이 아니라
펜대를 굴려 민중을 꼬드기는 자들이 아니라
정의의 심판을 가장한 악의 무리가 아니라
함께 두려움을 떨쳐낸 어둠 속에서
제 몸을 태우는 촛불과 같은 승리
가자 노동해방의 세상으로

게이트를 열어라!

게이트를 열어!
그곳은 자본의 곳간
이윤 창출의 거짓된 망령으로 가득찬
신자유주의, 세계화, 4차 산업혁명
입만 열면 떠들던 개소리
그러나 노동 없는 생산은 없고
노동자 없는 자본은 없다
그것을 보여주기 위해
지금 낡은 게이트를 열어젖힐 거야

게이트를 열어
우리를 보여줄 거야
우리는 재활용 쓰레기가 아니야!
우린 씹다 단물 빠진 풍선껌이 아니야!
직접고용 대법원 판결을 깔아뭉개고
비정규직 제로, 노동 존중 입만 번지르르한
자본과 정권의 거짓말
이젠 더 이상 속지 않을 거야
자회사 헛소리 그만 지껄이고
억압과 착취의 자본의 게이트

지옥의 게이트 확 열어젖힐 거야

게이트를 열어!
비정규직 정규직 차별 세상
우리 손으로 끝장낼 거야
우리는 하나의 요구 정규직 쟁취로
노동해방 차별철폐를 위하여
늙은 유령들이 득실거리고
억압과 착취가 들끓는
자본의 게이트 뜨거운 동지애로 열어젖힐 거야

게이트를 열어
용역깡패, 폭력경찰
정치검찰, 자본판사
우리를 거두었던
폭력과 관행의 더러운 세상
이제는 어림없지
우리는 언제나 함께할 거야
너희들이 쳐놓은 평등 세상 가로막는
낡은 게이트 확 열어젖힐 거야

게이트를 열어
자본의 세상을 뒤엎고
노동자 하나 되는 세상
모두가 배부른 세상
배제와 혐오가 없는 세상
억압과 착취가 없는 세상
여덟 시간 일하고도 배부르고
남는 것은 나누고
부족한 그것은 서로 채우는
평등 세상 게이트 모두 다 열어젖힐 거야
우리의 투쟁은 그런 거야
핼게이트 부서뜨리는
세상의 모든 게이트 열어젖힐 거야

김용희

그곳은 정의 철탑
한 평도 되지 않는
인간 새가 사는 곳
오를 수는 있어도
내려갈 수 없는 곳
정의 사자가
평화의 깃발 평등의 가치를 세우고
인간의 존엄을 위해
자본과 전쟁을 치르는
인간해방전선이 해방구가 있는 곳
내가 김용희다
내가 인간 새다
내가 노동해방이다
내가 인간해방의 김용희다

씨앗

사과 씨앗은 싹 트기 전
두 쪽으로 갈라진다
가식의 껍질을 벗기면
분열의 세상이다
통일 얼마나 허망한 이름인가?
그 얼마나 실천 없이는 부질없는 짓인가?
남들이 갈라놓은 철조망
우리 손으로 걷어내지 않는다면
그건 통일이 아닐세
그건 또 다른 분단일세
그리하여 마침내
더 이상 분열할 수 없을 때
그것이 평화와 통일의 씨앗 되는 것이다

고 김용균을 추모하며

2019년 어느 날이었다
탄가루범벅이 된 아들 김용균을 묻었다
앞서간 열사들을 가슴에 묻을 때도
속울음 삼키며 희망을 잃지 않았던 내가
노동조합 선거에서 비정규직 정규직 반대를 공약한
어용후보가 당선되는 것을 지켜보며
눈물을 쏟고 말았다
희망을 잃지 않았던 비정규직 철폐
나는 운동이 되지 못한 수많은 구호를 되뇌며
그를 보낸다
김용균 동지여! 잘 가라
부디, 탄가루 없는 세상, 비정규직 없는 세상
그 세상으로 잘 가라
노동이 존중받는 세상
위험하고 어렵고, 더러운
노동하는 노동자가 대우받는
그런 세상으로 그대여 잘 가라!

어느 강연장에서

나만 잘 먹고 잘 살자
이기주의라고 비난했다
우리 가족만 잘 먹고 잘 살자
가족주의라고 경계했다
우리 마을만 잘 먹고 잘 살자
집단이기주의라고 반성했다
우리 조합만 잘 먹고 잘 살자
조합주의라고 손가락질했다
우리나라만 잘 막고 잘 살자
국수주의자라고 나무랐다
우리 겨레만 잘 먹고 잘 살자
민족주의자라고 호통쳤다

그러나,
나는 누구인가?
자본주의
가족주의
협동조합주의
노동조합주의
국가주의

민족주의

과연 나는 누구인가?

나는 무엇을 위해 싸우고 있는가?

나는 누구를 위해 싸우고 있는가?

나는 무엇과 싸우고 있는가?

우리가 싸우는 것들이

우리가 지키려고 하는 것들이

단단해질수록

견고해질수록

공포, 분열, 경쟁은 우리의 틈을 알고 있다

틈을 메우자

간격을 좁히자

어깨를 걸자

틈의 간격을

동지들의 사이를

우리는 무엇으로 채울 것인가?

원래가 사람을 죽였다
— 고 양회동 열사를 추모하며

원래가 기어이 사람을 죽였다
이 죽임은 예견된 죽임이었다
일본강점기 때 노동자는 간첩으로 몰려 죽었고
자유당 시절에는 빨갱이로 몰려 죽었고
군부독재 시절에는 고문을 받아 죽었고
문민정부 시절에는 최루탄에 맞아죽었고
국민의정부 때는 전경들의 방패에 맞아죽었고
참여정부 때에는 손해배상이 압류로 죽었고
지금도 많은 노동자가 영문도 모른 채
부를 이름도 없이 붙잡을 손도 없이 죽어가고 있다
그리고 노동절에 검사의 공소장이 양회동을 죽였다
그러나 공소장에 적힌 것은 죄목이 아니었다
노동자를 탄압하는 법의 기술이 적혀 있을 뿐이었다
일제강점기나, 자유당 시절, 군부독재 시절
문민정부, 국민의정부, 참여정부
그들의 공통점은 오직 노동자들을 때려잡는 일이었다
그들은 합법을 운운하며 안전운임제를 기득권이라 했고
그들은 법치를 주장하며 카르텔이라고 했다
그들은 노조를 죽이기에 혈안이 되어
법이라는 폭력을 아무렇게나 갖다붙였다

그리고 우리 노동자를 창피하고 부끄럽게 만들었다
그들의 노련한 술수였고 통치의 방법이었다

건설 현장에는 원래라는 말이 있다
유령과 같이 떠도는 말이었다
누군가 시도해보지 않았던 구태의 산물이었다
그런 원래가 사람을 죽였다
처음부터 불법이었거나 위법한 것이었다
그 원래를 바꾸려다 양회동 열사가 죽었다
원래를 없애려고 했던 양회동 지대장
창피하거나 부끄러워 마시게!
정말 창피하고 부끄러운 짓을 한 자들이라네
그들은 우리를 옥죄기 위해 수많은 원래의
법과 정의와 도덕과 양심과 공정과 상식을 들이밀었고
원래로 하여금 법의 기술을 통하여 우리를 죽여왔네
그들은 언론을 통해 귀족노조, 건폭을 들먹이며
원래 있지도 않았던 창피를 주고 부끄러움을 주었네
민주노총을 죽이기 위해 종교를 팔아먹고
미신을 망령을 불러들여 우리를 없애려했네
하루 열네 시간, 한 달 삼백사십 시간을 일하며

죽어가는 노동자들 앞에 원래 법치를 운운하며
건설노동자들의 안전과 고용이 법을 위법으로 명명했네
열사에게 씌워진 법의 죄목은 업무방해, 공갈
얼마나 창피한 노릇인가? 얼마나 부끄러운 민낯인가?
일하면서 죽지 않고 다치지 않고 제명대로 살게 해달라는
아주 사소하고 명료한 이야기였지만,
노동삼권을 보장한 헌법은 검사들 앞에 멈추었고
그들의 칼날은 가장 낮은 곳에서 일하는 노동자에게 향
했네
법치를 가장한 탄압이었고 법치를 치장한 노동자 퇴출이
라네

헌법이 멈춰버린 자리에는 정권은 원래 자유였네
더 많이 일할 자유, 더 적게 받을 자유, 더 착취할 자유
그 자유를 위해 정권은 200일 작전을 세우고
50명에 1계급 특진을 걸고 건설노조를 사냥했네
노조활동비와 조합원 채용을 기업에 요구했다는 억지였네
그러나 우리는 반드시 돌려줄 것이네
그리고 우리는 양 동지의 뜻을 기억할 것이네
가슴에 새기고 동지와 우리의 염원인 노동해방

노동자 세상을 향해 달려갈 것이네
죽임을 당했는데 복수를 꿈꾸지 않는다면
그것은 노동자가 아니네
그것은 지금껏 우리가 외쳤던 노동자는 하나가 아니네
우리의 깃발이 꺾이지 않는 것은
우리가 승리할 때까지 싸워왔기 때문이라네
그러니 부디, 노동이 없는 세상, 착취가 없는 세상에서
다시 만나는 그날까지 편히 쉬시게나
우리는 다시 출정이라네, 동지가 이루지 못한 꿈
동지가 생전에 이루지 못한 세상
반드시 반드시 이루어낼 것이네

꽁치가 위험하다

푸른 동해를 헤엄치며
횟집 밑반찬에 오르던
그 꽁치가 위험하다
속을 삭여 젓갈을 담그던
그 꽁치가 사라졌다
과메기도 꽁치구이도 없는 세상
석탄발전소 때문이라 말하지 않겠다
거창한 기후재난이라 말하지 않겠다
해수 온도 상승이라 말하지 않겠다
꽁치가 사라진 것은 나 때문이다
꽁치가 없어진 것은 전력 대란의 허풍 때문이다
꽁치가 자취를 감춘 것은 편리한 세상을 쫓던 욕심 때문이다
꽁치가 멸종된 것은
아파트 평수를 늘리고
냉장고에서 신선한 음식을 보관하고
추운 겨울을 따뜻하게 보내고
뜨거운 여름을 시원하게 지낸 편안함 때문이다
이젠, 아버지 술안주가 되었던
씁쓸한 비린 내장의 추억은 없다
세상에 흔한 것이 사라진다면

세상에 주목받지 못한 것이 위험하다는 것은
인류의 종말이 얼마 남지 않았다는 징후다
특보에는 동해안 꽁치가 사라졌다는 소식 떴다
그날 밤 아버지가 돌아가셨다는 부고를 받았다

'젊은 날 위태롭고 뜨거웠던 사랑'에 대하여

송경동/ 시인

　지나간 일들은 조금은 흐려져야 하는데 어제 일인 듯 너무 선명해 당혹스럽다. 오래 전인 2005년 가을 무렵. 오랜 벗인 하태성 시인과 나는 전남 여천 시내에 함께 있었다. 여천경찰서 정보과 형사들이 저만치 나와 어슬렁거리고 있었다. 잠시 시비를 걸다 멀어졌다. 여천공단 GS칼텍스 해고자 둘이 나와서 우리를 도와주었다. 여천석유화학단지의 GS칼텍스 해고자들은 2004년 해방 이후 최초의 정유공장 파업에 나섰다. '국가전복세력' 운운하며 전방위적인 공권력 탄압에 나선 이 국가에 의해 처절하게 무너져야 했다. 사람들은 잘 기억하지 못하겠지만 노무현 정부 시절이었다. 당시 24명 해고, 235명 정직, 145명 감봉, 247명 견책처분 외 노조 지도부 8명이 구속되었고 129명이 형사 고소를 당했다.

　얼마 전인 2023년 11월 19일 국회 본회의에서 통과되어 대통령의 거부권 행사를 앞두고 있는 '노조법 2, 3조 개정'의

핵심인 손배가압류도 당했다. 노조 간부 29명에게 1인당 9천만 원, 조합원 5명에게 1인당 2천만 원씩 총 37억1천만 원의 손배가압류가 떨어졌다. 노동조합은 와해되었고, 가능한 모든 보복성 노동탄압을 당해 '노조탄압 백화점'이라고 불렸다. 그 후 회사는 2,000여 명에 이르는 정규직, 비정규직 노동자들을 구조조정으로 잘라냈다. 어제까지 수십 년 공장 사택에 함께 살며 형, 동생하며 내외하던 노동자 가족들이 살아남은 자와 죽은 자로 나뉘어 원수가 되었다.

지난 일이지만 구속된 노조 지도부 8명 중 한 명이 내 친형이었다. 형은 파업 당시 조직국장으로 수배당했다. 1년 실형을 살고 나온 후 3년여에 걸친 해고자복직투쟁위원회 활동을 했는데 얼마나 이를 앙다물었는지 위아래 치아가 모두 나가 젊은 나이에 입 안을 모두 헐고 틀니를 넣었다. 결국 복직도 못해 지금까지 비정규직으로 전국 건설현장을 떠돌며 살고 있다.

그러나 형 때문에 여천에 간 길은 아니었다. 당시 하태성 시인은 전국공공운수노조 중앙에서 조직국장으로 일하고 있었는데, 그는 이미 그때부터 자신이 소속된 공공운수노조 내 고임금 정규직 노동자들 이해를 넘어 비정규직 문제에 함께하려 했다. 그가 제안하고 계기를 만들었던 사업 중 하나가 〈비정규직철폐 전국순회 문화예술전〉이었다. 지금은 대중화되었지만 그때까지만 해도 생소했던 조립식 X-밴드에 비정규직 문제가 형상화된 만화와 미술 포스터, 시화 등을 멋지게 디자인한 후 간판용 코팅지로 출력해 전시

하는 도발적인 기획이었다.

"조직과 재정은 뒀다 뭐해. 이런 데 쓰라고 있는 것 아니겠어." 판을 깔아준 그를 따라 80여 명의 만화가, 미술인, 시인, 디자이너 등을 모아 전국 순회에 나선 길이었다. 참 많은 곳을 다녔는데 유독 여천이 기억나는 건 아무래도 형이 해고자가 되어 농성을 하던 현장이기도 하고, 청년시절 내가 비정규직 배관공으로 처음 일을 시작했던 곳이 그곳이었기 때문에 남다르게 기억나는 듯하다. 〈비정규직철폐전국순회 문화예술전〉은 워낙 참신한 대중적 기획이어서 우리가 찾아가는 곳 외에 전국에서 와달라는 곳이 많았다. 나중엔 민주노총 문화국 등에서 받아가 기획물들이 너덜너덜해질 때까지 잘 사용되었던 것으로 기억된다.

하태성 시인이 한국 사회를 뒤흔들던 발전3사 총파업 등에 함께한 한국가스공사노조 수석부위원장을 거쳐 전국공공운수노조 중앙 조직국장이 되어 나타났던 건 무척이나 신선하고 경이로운 일이었다. 우린 스무 살 언저리에 구로노동자문학회와 인천노동자문학회 회원으로 만났는데, 다른 누구도 아닌 하태성이 첨예한 현장의 활동가로 남게 되리라곤 잘 상상해보지 못했기 때문이다. 우리는 고작 이십 대였지만 민족문학과 민중문학을 이어 '노동자문학', 나아가 '노동해방문학'의 새로운 시대를 열겠다는 열정으로 모두 이마가 서늘하고 눈빛이 반짝였던 시절이었다. 모두 '투사'가 되고, '전사'가 되어야 한다고 서로를 북돋고, 때론 서로를 치받던 참 기막히고 아름답던 시절.

그러나 그 시절에도 하태성은 어려운 이론이나 운동적 대의나 실천, 주장 등을 내세우던 친구가 아니었다. 벗들이 열에 들떠 떠들 때면 슬그머니 주방으로 가서 속풀이 콩나물국이나 끓여줘야겠다는 게 하태성 시인의 보살 같은 자리였다. 성정이 박하지 못해 누구와 각을 세우거나, 분별을 좀체 하지 않고 만사를 이해하며 사람들 사이에 흐르는 물처럼 조용히 섞여 있곤 했다. 그런 하태성 시인을 모두가 좋아했지만, 그런 까닭으로 하태성 시인이 1990년 초반 현실사회주의권 붕괴 이후 그 많던 자칭 '혁명가, 투사'들이 사라진 자리에 끝까지 남아 현장의 활동가로 남으리라고는 누구도 짐작하지 못했던 일이었다.

놀라운 일은 전업활동가가 되어 나타난 그가 예전의 그와 전혀 다르지 않다는 것이었다. 그는 여전히 '애를 쓰는 사람'이었다. 돈키호테나 어린왕자처럼 현실 너머를 꿈꾸는 소년 같은 이였고, 기존의 틀에 박힌 진부한 관성의 세계를 넘어 새로운 상상을 하는 자였다. 한국가스공사노조 수석부위원장을 하던 시절엔 다시 '책을 읽는 노동자들의 문화'를 만들겠다고, 전체 조합원들에게 저자 사인이 된 2,000여 권의 책을 나눠주고 독후감대회를 열기도 했다. 노동운동을 한 30여 년을 다녔지만 이런 사업의 경우는 하태성 시인이 한국가스공사노조 간부로 있을 때 2년여에 걸쳐 시도한 게 처음이자 마지막이었던 것으로 안다.

대공장이나 규모가 있는 사업장 노조의 경우 연례적으로 노조 창립식이나 명절 등에 전체 조합원 선물을 지금도 하고 있다. 이런 경우만 전문적으로 쫓아다니는 여러 업체가 있기도 하다. 조합원이 수만 명씩이 되는 대공장 등에서는 그 과정에 적지 않은 리베이트가 오가기도 한다는 소문을 들은지도 한참 되었다. 하지만 안타깝게도 그들이 '책'을 비롯한 '노동자문화상품'을 조합원 선물로 선정한 경우를 내 기억으로는 안타깝지만 단 한번도 보거나 듣지 못했다. 풍물패나 노래패, 율동패 등 집회시위에 필요한 도구적 모임 외에 노조 내에 다양한 노동자문화 소모임을 꾸리는 경우도 사라진 지 오래다. 민주노조라며 임금과 근로조건 개선을 위해서는 싸우지만, 조합원들이 진정한 사회변혁의 주체로 거듭나게 하기 위한 일상적인 문화활동을 위해서는 어떤 일도 하지 않은 지 이미 오래되었던 때였다.

그래서 '투사연'하는 이들이 보기에는 말랑말랑한 일 같지만 당시 하태성 시인이 꿈꾸었던 '책을 읽는 노동자문화 만들기'는 무척이나 혁신적인 일이었다. 변혁적인 노동자 일상문화에 대한 실천이 담보되지 않은 노동자들은 머리띠를 풀고 나면 여느 소시민들과 다를 바 없는 욕망의 재생산자나 영혼이 빈곤한 허기진 소비자가 되기 쉽다. 그런 소외상태를 벗어나기 위해서 사유하는 인간, 내적으로 풍요로우며 새로운 문화를 상상하고 창조하는 인간으로 우리 서로가 거듭나자는 게 하태성 시인의 꿈이었던 것으로 기억된다.

2003년도 기억난다. 근로복지공단 비정규직으로 파업에 나섰다가 분신 자결했던 청년비정규직 이용석 열사 투쟁

당시에도 우린 거리에서 함께했다. 늘 서글서글하게 웃고 다니던 그의 얼굴이 조금은 가파르고 붉어보이던 때였다. 그는 청년비정규직 이용석 열사 투쟁과 그 후 그를 기억하고 새기는 일에 다시 청춘의 몇 년을 갈아넣었다. 이인휘 소설가가 정리해낸 평전소설 『날개v 달린 물고기』도 그 과정에서 세상에 나오게 되었다.

가끔 서울 종묘공원 근처에 가면 사람들은 그냥 지나치고 마는 인도 한 켠 바닥에 작고 동그랗게 박혀 있는 동판 앞을 찾아보곤 했는데 그 자리가 이용석 열사가 분신 자결했던 곳이다. 거기를 들를 때마다 실루엣처럼 떠오르는 친구가 하태성이었다. 아래 시 중 '두 번의 파국을 맞이한 삶'의 이야기 중 한번의 파국도 그렇게 자신을 투신하던 과정의 일이었을 것이다.

돌이켜보면 그런 일이 모두 이미 20여 년이 흐른 뒤인데 왜 그 모든 일이 어제 일인 듯 이리도 선명한 걸까. 너무 아픈 일들 속에서 너무 뜨겁게 살아온 탓일까.

고백하건대 지나온 내 삶은

저기 바다의 풍랑같이 위태로웠고

한때 자연을 찾아 별들을 헤아렸고

또 어느 순간엔 음악에 취해 길을 잃었고

부평초처럼 떠돌다 고흐의 별빛에 잠이 들었다

때론 아까운 인생을 헌 집을 고치는 데 소비했고

어느 날엔 생선의 눈동자를 쫓았으며

잘린 생선의 머리에 혼을 빼앗겼으며

그러다가 무료한 날이면 바닷가에 낚싯대를 드리우며
좌면고 우왕좌왕한 나날을 보내기도 했고
그런 날이면 벗들과 어울려 술판을 벌일 생각에 들떴고
두 번의 파국을 맞이한 삶이었다
그리고 지금은 한 여자의 사랑을 차지하기 위해
매일 연민의 밤을 지새우며 흔들리고 있는데
나에게 대중적 운동가의 삶은 가당치 않았다
노동조합 선거에 비정규직 정규직화를 내걸었다고 낙
선했고
30년 회사 생활에 포상 한번 받은 적이 없고
훈장처럼 징계, 구속도 당하지 않았으며
입으로 비정규직 철폐, 노동자는 하나다 같은 구호 따
위에
들뜬 일상을 뜬구름으로 흘려보내고 있다
　　　　　　　　　　　　　　　—「묵호 논골담에서」부분

　여러 날 하태성 시인의 두 번째 시집 원고를 읽으며 이런
마음여행, 시간여행을 여러 번 해야 했다. 어느 날은 우리
가 도원결의해서 다시 현장과 함께하는 노동자문학을 세워
보자고 민주노총, 한국노총까지 끌어들여 〈전국노동자 여
름문학캠프〉를 열던 충북 영동의 마음수련원에도 다녀왔
다. 지금은 작고한 박영근 시인과 백무산 시인, 오철수 시
인, 조영관 시인 등도 그 자리에 함께 있었다. 지금은 각자
가 한국문학의 주요한 서정의 자리들을 지키고 있는 김해

자, 문동만, 이설야, 김사이 시인, 르포작가 안미선 등도 보인다. 모두가 한 뿌리에서 나서 각각의 줄기로 나아 간 벗들이다. 그곳에서도 하태성 시인은 2박 3일 내내 부엌에서 즐겁게 도마질을 하고 있었다. 난 그가 딱딱딱딱 경쾌한 소리를 내며 빠른 속도로 무며, 양파며, 감자며를 썰던 소리가 어떤 음악 소리보다 좋았다.

　어쩌면 지금까지 내가 살아온 힘은 어떤 정파의 강령이나 혁명 이론 같은 게 아니었다. 벗들을 위해, 타인을 위해 애를 쓰던 사람들의 어떤 소박한 정성과 따뜻함, 거기서 자연스레 우러나오는 어떤 아름다움이었다. 오랜 시간을 사회운동의 언저리에서 버티며 알게 된 것도 별 게 아니었다. 소박하고 평범한 인간의 마음을 소중하고 귀히 여기는 일. 어떤 특출한 투사나 영웅이 되는 일보다 주변 사람들에게 좋은 친구가 되고 이웃이 되는 일이 훨씬 어렵고 고귀한 일임을 깨닫는 일이었다. 도드라지는 전선에 서는 일도 소중하지만, 묵묵히 뒷자리를 지켜주는 수많은 이들의 평범한 진지가 진정으로 거룩한 자리라는 것을 깨닫는 일이었다.

　하여, 나는 하태성의 위의 시 「묵호 논골담에서」의 고백이 참 좋다. 힘겨운 날이 왜 없었으랴. 이상과 현실의 경계 사이에서 뜬구름처럼 좌절하고 흔들리며 어떤 것에라도 마음을 뺏겨보기 위해 헤매던 날들이 우리라고 왜 없었으랴. 누구도 내게 뭐라 하지 않는데도 혼자 무너지며 쓸쓸해지던 날들이 왜 없었으랴. 그래서 그에게 이제 와 어떤 시적 완결을 굳이 따지기 싫다. 시를 따르지 않고 시적인 삶을 따라온 그 나름의 고투를 알기에, 시와 시인을 행세하려 하지 않고 시가 있어야 할 삶의 자리가 어디일까를 성실히 쫓아 살아온 그의 미련과 순둥이 같던 삶을 알기에 그의 부끄러운 고백이 한 줄 한 줄 울컥하며 목에 걸린다. 사람들이 잘 모르는 나는 하태성 시인처럼 삶이 고달프고 힘들 때면 어떤 곳을 찾고 헤매었을까. 동시대를 함께 살아가는 사람들은 그렇게 외롭고 쓸쓸할 때 어떤 비상구나 구원을 찾아 헤맸던 것일까. 여전히 강변하지 않고 자신의 부끄러운 삶을 거짓 없이 반추해보는 하태성 시인의 고백이 긴 노역 끝에 우는 늙은 소의 울음처럼 처연하다.

세월이 흘러서도 꿈꾸는 청년 하태성은 지금은 강원도 삼척에 산다. 여전히 한국가스공사 노동자로 산다. 어용이 되어가는 현장을 보다 못해 사내 비정규직 정규직화를 용기 있게 내걸고 다시 노동조합장 선거에 나섰다가 떨어지기도 하지만 다르게 사는 삶을 포기하지 않는다. 현재는 기후위기시대 한국사회 생태환경운동의 첨예한 현장이 된 〈삼척블루파워 석탄화력발전소 반대 투쟁위원회〉 공동 위원장을 맡아 정신이 없다. 2023년 '전국기후정의행진' 연단에서 마이크를 잡고 기후정의시대를 호소하는 하태성은 여전히 낯설면서 새롭다. 먼 삼척에서 600회가 넘는 집회 시위에 함께하고, 도보순례, 삼보일배 등 할 수 있는 건 다하고 있다. 명사십리로 알려진 삼척 맹방해변에 석탄발전소가 가동되면 해마다 1,280만 톤의 온실가스가 배출된다. 대기오염물질로 인한 잠재적인 조기사망자도 최대 1,081명에 이를 것으로 전망된다.

가끔 불쑥 서울에 와 있다고 해서 만나보면 지금도 부끄러움 없이 너덜너덜한 투쟁조끼 차림이다. 그만했으면 이젠 어깨에 힘도 주고 조금은 딱딱해지기도 하련만 여전히 자유로운 청년에 가깝고, 그 평범함과 소탈함이 변함이 없다. 노동자로 일하랴, 사회운동하랴 바쁜 와중에도 부남해수욕장 근처 옛 수녀원 건물을 구하더니 온갖 목공일을 더해 멋진 카페 겸 갤러리를 열어두곤 사람들을 초대한다. 마음에 타인을 위한 빈 자리, 공터 같은 여백을 갖고 있는 사람이 아니면 결코 가능하지 않을 일이다. 출근 전 새벽마다 삼척 번개시장에 들러 찬거리를 사서 손질해 냉장고에 쟁여두곤 퇴근하고 돌아와서 찾아온 사람들에게 밥과 찬과 술을 내는 일을 기쁨으로 여기며 사는 선한 사내 보살. 사는 동안 내내 거친것투성이는 나도 그처럼 만사가 수더분하며 너르고 선한 성정을 가진 사내였으면 참 좋겠다는 생각을 참 많이 했었다.

날것의 세상
꾸밈없이 그대로를 보여주는
그런 세상이 있다면
거기는 삼척 번개시장이다
나의 삶은 조금 비켜나 있지만
저들은 모든 것을 걸고
꾸밈없이 있는 그대로를
온몸으로 보여주는 것이 있다

그것이 새로운 세계로 가는 길이다

머리로 하는 게 아니라

온몸으로 밀고 가는 것이다

아무 바람 없이 아무 계산 없이

— 「번개시장 1」 전문

    그는 새벽마다 들르는 삼척 번개시장 좌판 상인들의 간절한 삶을 보며 세상을 경외한다. "내장을 꺼내고 포를 뜨는 일은/ 거룩한 일상이다/ 수만 번의 염불과 기도와 고해성사/ 메시아의 전언도/ 죽음처럼 거룩하지는 않다"(「번개시장 4」)고 한다. 살기 위해 새벽시장에 나와 "내장을 꺼내고 포를 뜨는 일". 살아가기 위해 평생을 아침 밥 먹으면 노역을 위해 출근해야 하는 노동자들. 그들의 수행이 어떤 기도나 고해성사보다 거룩하지 않을 수 있을까. 그런 민초들이 "아무 바람 없이 아무 계산 없이" 살아가는 일 앞에서 옷깃을 여미는 하태성 시인의 눈매가 맑고 서늘하다. 자신은 "조금 비켜나 있"었다고 하지만 폭력과 착취와 소외로 점철된 한국사회의 "새로운 세계"를 열기 위해 "돈의 달콤한 유혹에 취하지" 않고, "권력의 부당함에 침묵을 강요당하지 말라며/ 나를 거침없이 가차없이 깨워댄"(「맹방 바다」) 한 세월이 이 시집에 고스란히 담겨 있다.

이것은 경쟁과 효율로 끓인 도그마다

자본의 이윤 창출의 도구이며

노동자를 일회용 처리하는 분리수거이며

신자유주의 망령이며 고도화된 세계화의 망령이고
4차 산업혁명이라는 허울 좋은 개소리일 뿐이다
우리는 자본의 이윤 창출의 도구가 아니고
우리는 씹다 단물 빠지면 뱉는 풍선껌도 아니다
AI시대가 만든 첨단의 자본의 감옥에 갇힌
선량한 이웃의 수인일 뿐이다
(······)
노동 없는 생산은 없고 생산 없는 자본은 있을 수 없다
우리는 더 이상 너희들의 이윤 창출의 도구가 아니다
우리는 더 이상 한번 쓰고 버려지는 일회용 쓰레기가 아니다
우리는 진군의 역사 주체이며
너희들이 꿈꾸지 못한 세상을 잉태한 산모이며
비뚤어진 세상을 바로잡고 새 세상을 출산할 어머니다
그러니 우리가 옳다

―「사슬을 끊고 연대로」 부분

혹자는 너른 의미에서 '상품'이 되기 힘든 하태성 시인의 여전한 현장시, 저항시를 두고 문학성이 부족하며, 투박하고 선언적이어서 시적인 맛이 떨어진다고 할지도 모른다. 세상이 하수상하다보니 맞는 얘기일 수도 있다. 과거 3류 통속소설보다도 질 낮은 웹소설, 웹만화를 플랫폼으로 만들어 모든 세계인을 신종 관음증 소비 환자로 만들며 천문학적인 이윤을 걷어가는 다국적 포털재벌들의 왕국에서는 더더욱 설 자리를 찾기 힘들지도 모른다. AI가 시와 소설을

써줄 수도 있다는 환상을 심어가는 새로운 신화의 세계에서는 천덕꾸러기 골동품 취급을 받을 수도 있다.

그러나 "노동 없는 생산은 없고 생산 없는 자본은 있을 수 없다/ 우리는 더 이상 너희들의 이윤 창출의 도구가 아니다/ 우리는 더 이상 한번 쓰고 버려지는 일회용 쓰레기가 아니다". 자본은 인간의 모든 삶의 시간과 대지를 식민화해서 상품화하고 이윤창출을 위한 재료나 도구로 삼고자 하지만, 그건 '생명'이라는 우리가 모두 이해할 수 없는 어떤 고귀한 존재들의 저항 앞에서 언제든 실패할 수밖에 없는 천박한 시도에 불과할 것이다. 그래서 "우리가 옳다". 결국엔 소수의 특권과 독점이 철폐되며 다수의 평등과 평화, 행복이 보장되는 세계로 우리는 나아갈 것이기 때문이다. 왜냐하면 그것이 만인을 위해 옳기 때문이다.

이 시로 하태성 시인이 어떤 유려한 문학상을 받기는 힘들겠지만 내가 아는 한 대한민국 시인 중에 2019년 한국사회를 뒤흔들어놓았던 톨게이트 여성비정규직 노동자 투쟁에 함께 마음졸이며 구체적으로 연대했던 시인은 결코 많지 않을 것이기에 하태성이 옳다. 화려하지만 텅 비어 있는 자본 상품문화의 거대한 물결 앞에서 우리의 시는 결국 실패할 수 있을지 모르지만 우리의 삶은 패배하지 않을 것이기 때문이다. 하여 뒤늦은 날에 이르러서야 얼핏 속엣말을 꺼내놓는 그의 아래와 같은 당부 앞에서도 나는 마음 깃을 여미며 숙연해진다. 당대의 관습, 불의와 타협하지 않고 올곧게 패배한 자들에 의해 늘 새로운 세계가 열려왔음을 기억하며 말이다.

> 부디 명심하시게나 혁명의 날은 갑자기 찾아오는 것이
> 아니라
> 저기 푸른 파문으로 출렁이다
> 머리를 풀어헤치고 달려오는 흰 파도와 같이
> 우리가 손을 잡고 앞으로 나아갈 때
> 그때야 비로소 작은 승리 하나를 쟁취할 수 있다네
> 혼자서 맞서는 투쟁의 파고 아니라
> 우리의 분노와 절규와 투쟁으로 세상을 헤쳐나가는
> 커다란 역사의 파도를 만들어야!
> 그 길에 너와 내가 우리가 함께해야!
> 혁명의 세상, 우리들의 세상이 온다네
> ─「파도는 혼자서 파고를 만들지 않는다」 부분

이렇게 "젊은 날 위태롭고 뜨거웠던 사랑"(「환절기」)을
하던 시절을 잊지 않고 하태성 시인이 여러 벗들이 떠난 자
리에 마지막까지 남아 "시들 것이 두려운 꽃은 피어날 수
없다"(「촛불이 되어」)고 이야기 해준다. "관람으로 평화를
만들 수는 없다"(「강 건너 평화 구경」)고 한다. "연대는 몸으
로 하는 것이다/ 서로의 손을 잡는 거다/ 내가 먼저 손을 내
미는 거다"(「연대」)고 한다. "가두리 집회 이제 안녕을 고하
라/ 평화란 선을 넘는 일이고 경계를 허무는 일이다/ 우리
는 가두리 물고기가 아니다/ 우리는 푸른 바다를 마음껏 헤

엄치는/ 자유의 물고기다/ 더 이상 평화란 이름으로/ 우리를 가두지 말라/ 선을 넘고 경계를 허무는 일/ 이것이 자유다"(「집회」)라고 절규하며 울부짖는다. 참 고맙고, 숙연한 일. 그의 오랜 소박함이, 순정한 몸부림이 내 일인 양 서럽기도 해서 그에게 그득 한잔 술이라도 따라주고 싶은 마음뿐이다. 그와 함께 삼척 어느 해변에 낚싯대나 드리우고 앉아 먼 바다나 말없이 함께 바라보고 싶은 마음이다.

"태성아, 살아보니 문학도, 사랑도, 혁명도 때론 덧없기도 하더라. 그렇지 않니. 그래도 우린 이 자리에 남아 있어야 하지 않겠니. 젊은 날 우리가 함께했던 위태롭고 뜨거웠던 사랑을 위하여, 아직 남은 10%의 혁명과 90%의 인간됨을 위하여 말이야."

곰치국 끓이는 아침

지은이_ 하태성
펴낸이_ 조현석
펴낸곳_ 북인
디자인_ 푸른영토

1판 1쇄_ 2023년 12월 31일
출판등록번호_ 313 - 2004 - 000111
주소_ 121 - 842 서울 마포구 서교동 460 - 34, 501호
전화_ 02 - 323 - 7767
팩스_ 02 - 323 - 7845

ISBN 979-11-6512-086-3   03810
ⓒ하태성, 2023

이 책은 **강원특별자치도**, 강원문화재단 후원으로 발간되었습니다.